이연당집怡然堂集 · 上

이연당집 怡然堂集 · 上

초판발행일 | 2016년 11월 11일

지은이 | 신승준
펴낸곳 | 도서출판 황금알
펴낸이 | 金永馥
주간 | 김영탁
편집실장 | 조경숙
표지디자인 | 칼라박스
주소 | 03088 서울시 종로구 이화장2길 29-3, 104호(동숭동, 청기와빌라2차)
물류센타(직송 · 반품) | 100-272 서울시 중구 필동2가 124-6 1F
전화 | 02)2275-9171
팩스 | 02)2275-9172
이메일 | tibet21@hanmail.net
홈페이지 | http://goldegg21.com
출판등록 | 2003년 03월 26일(제300-2003-230호)

값은 뒤표지에 있습니다.

ISBN 979-11-86547-48-9-03810

이연당집怡然堂集 · 上

신승준 시집

황금알

서序에 대하여

40여 년 전 10대들 사이에서는 시인이 지금의 아이돌그룹 멤버만큼이나 인기가 있었던 시절, 강릉극장에서 개최되었던 시문학강연회에 다녀온 후, 나는 문학청년의 허기 같은 열병을 앓았습니다. 살아오면서 문학의 길에서 멀어지면 멀어질수록 내면에 잠재된 그 배고픔은 첫사랑의 그리움같이, 내 몸 일부 어딘가에 침착되어 강력한 인력引力으로 작용해 왔습니다.

어느 시인이 말하기를 시집을 내는 순간 그 시들은 이미 자신의 시가 아니라고 하더군요. 그러나 이 시집에 실려있는 시는 처음부터 내 것이 아니었는지도 모릅니다. 아니 분명 아니었습니다. 이 시의 주인은 견불리 조씨, 눈 오는 날 떠났던 그 아이 그리고 주문진 수용소에 살았던 개똥이 아버지 바로 그들의 것입니다. 나는 그저 원고지에 옮기고 엮어서 세상으로 내보내는 수고를 조금 했을 뿐입니다.

진정 글을 쓴다는 것, 시를 쓴다는 게 얼마나 힘들고 고통스러운 일인가를 아는 나로서는 시를 업으로 삼고 있는 이들을 참으로 존경하며 또 존경합니다. 그러기에 이번 시집이 한국 시단에 피운 그 수많은 아름다운 꽃 속에서 작은 분꽃 역할이라도 하기를 바라는 것은 어쩌면 과욕일 거라는 생각이 들어 속살을 드러내는 부끄러움을 금할 수 없습니다.

　이 시집에 담은 시는 최근 수년간 이연당—내 고향 근처에 마련한 조그마한 글방에서 쓴 것입니다. 그동안 틈틈이 적어 왔던 습작노트에서 내 자서전적 기록을 골라 엮어서 우선 『이연당집』(상)이라는 이름으로 내게 되었습니다. 굳이 〈상〉이라 고 함은 언제가 될지는 모르겠으나 〈중〉이나 〈하〉를 이어서 내겠다는 내 의지의 표현이라고 해두고 싶습니다. 아무쪼록 이 시집을 만나는 분이라면, 모두 이연怡然당의 의미대로 〈그 저 그렇게 기쁘기〉를 두 손 모아 축원 드립니다.

　끝으로 늘 여러 가지로 크게 도움 주시는 강세환 선생님, 멀 리 일본에서 추천의 글을 보내주신 구보 가즈아키 총영사님 그리고 시집 출판을 선뜻 허락해주신 황금알의 김영탁 시인께 깊이 감사드립니다.

2016년 11월 길일
이연당에서 신승준

차 례

1부 사구환향思舊還鄕

2부 시후여정時候旅程

3부 궁시일기窮時日記

4부 유수부사流水浮思

1부

사구환향思舊還鄉

견불리 조씨

지척에 바다가 있어도
그는 땅만 보고 살았다

한때 젊음에 이끌려
견불리를 떠나 있을 때도
어머니 같은 땅을 잊을 수 없었다
평생 흙에 흘린 땀의 무게가
그를 이 땅에 묶어 놓고 있다

그는 땅만 파고 살았다
햇살에 씨를 뿌리면
바람이 싹을 틔우고
새소리 들으며 곡식이 여문다

생명은 계절에 따라
새로 태어나지만
그는 약속한 대로
하늘이 허락한 만큼만 거둔다

투박한 손을 감추지 않고
걷는 그의 어깨너머로
바다같이 넓은 감자밭이
그를 기다린다

이연당의 봄

바다를 건너 포구에 와 닿은
새봄의 숨결은
이제 마을을 지나
산으로 오를 채비를 한다

앞마당 밭고랑을 넘어오는
풋풋한 생명의 봄바람은
응달쪽 냉기를 쓸고 지나간다

이연당에 봄은 이렇게 오는가

풀잎에 맺힌 이슬
그 푸른빛에 입맞춤하는 이 봄에
긴 겨울 눈 속에 똬리를 틀고 있던
내 부끄러운 자아도
봄과 함께 기지개를 켠다

농부, 생명을 노래하다

새벽은 잉태된 생명을 여는 길목
산통産痛 같은 바람이 일순 멎으며
어둠을 깨고 동녘이 밝아온다

농부는 생명의 관리자
흙 묻은 장화를 털어 신고
새벽을 맞으러 들로 나간다

담결한 아침 이슬은 생명의 원천
그 생명수로 새로 태어나는
모든 이에게 세례를 거행하라

흙냄새를 사랑하던
농부의 시간이 다 하는 날
또 다른 생명을 위해
이 낙원에서 안식하리라

봄맞이

봄기운 가득 품은 갯바람
포매호로 불러오면
이연당 마루 끝에 앉아
봄볕 쬐며 졸고 있던 나그네
먼 길 떠나는 철새 울음소리에
깜짝 놀라 깨어
서둘러 행장 챙기며
꽃바람 구경 가자
소풍 길 재촉하네

대작對酌

이연당 꽃그늘 아래에서
봄 오는 소리를 벗 삼아
술잔을 기울인다

취하는 건 꽃향기일까
술기운일까

무엇이면 어떠랴
정녕 그대가 오지 못한다면
저 낮달을 불러와
동무하며 한잔하리라

별밤

해가 잣나무 그늘을 길게 빼고
견불산으로 넘어가면
이연당에는 어둠이 찾아든다

밤하늘을
미리내로 수놓았던 별들은
하나둘 요정이 되어 마당에 내려와
별세계의 이야기를 풀어놓는다

이연당은 그들의 이야기를 듣고
천 년을 간직할
별들의 전설을 기록하면서
새벽을 맞는다

가을빛 견불리

화상천 가녘 코스모스 길에
완숙한 자연의 색으로 물들인
화려한 휘장이 쳐지면 그 옆 해바라기는
꽃 무게만큼 겸손해진다

다리 건너 점촌댁 할머니는
넉넉한 햇살을 빌려와 평상에 널린
빨간 고추와 함께 가을을 말리고
할머니의 주름진 얼굴도 함께 말라간다

건너편 논에는 벼 이삭이 누렇게 익어가고
그 위로 점점이 수놓는 고추잠자리
높아진 하늘은 푸른빛을 더해가고
그 사이를 타고 가을 향기가 흐른다

견불리의 가을은 총천연색
깊어가는 가을을 따라
견불리는 가을빛으로 물들어가고
여기 머무는 나도 함께 물든다

이연당의 가을

백로白露가 지난
이연당은 가을이다

해 넘어가자 서늘해진 공기가
마당을 서성이고
마른 바람에 뒤뜰 밤나무 이파리가
서걱서걱 이별의 소리를 낸다

가을의 명제는 이별, 그리고 그리움
뒤뜰을 한 바퀴 돌고 나온
바람이 쓸쓸한 표정의
얼굴을 감싸 안는다

서산 넘어가다 남긴
작은 달빛
당주堂主의 마음을 알았는가
이연당의 문지방을 넘어선다

가을 길목에서

포매호 끝
은행나무 모퉁이를 돌아서면
견불리의 가을과 마주한다

봄비에 뿌려졌던 씨앗에서 돋아난 새싹이
여름의 그 긴긴 태양으로 알곡이 차고
이제 농부는 땀의 결실을 기다린다

풀벌레는 마지막 여흥을 즐기고
그 위로 쉰 목소리의 물새가 지나간다
이렇게 계절은 가고 오는 것

여름이 가는 거리만큼
시간은 가을의 소리로 덧칠해지고
그 깊이가 더해져 하루가 영글어 간다

봄을 쓸고 산으로 올랐던 바람은
산에 난 외길을 타고 마을로 내려오고
허망한 마음은 그저 세월을 바라본다

주문진 수용소

"개또이 아바이 괴기 마이 잡았소?"

깡다구네 엄마의
억센 함경도 사투리가
수용소의 아침을 깨운다

여기는 주문진 수용소
6 · 25 직후 함경도 사람들이
정착한 난민수용소다

배 타는 개똥이네 아버지
어판장 일 보는 깡다구네 형
개고기 파는 육손이네 엄마
이들의 강인한 일상은
쩔룩거리는 고단함 속에서도
그곳에 뿌리를 내리고
내 삶 일부도 그곳에 젖어들었다

내가 고향을 떠난 후 그곳은

도시정비라는 이름 아래 적출되어 버리고
그 위에 쭉 뻗은 도로가 덮었다
내 삶의 기억도 그 포도에 깔리고 말았다

이제 주문진 수용소의 흔적은
내 말에 묻어 있는
희미한 함경도 사투리뿐이다

명태 덕장

올해도 찬바람 불기 시작하면
황량한 들판에
명태 덕장이 엮여 올라간다

이름도 낯선 오호츠크 바다에서
여름을 보내고 남하하다
대화퇴어장 어느 낚싯줄에 잡혀
이 덕장에 걸리는구나

싸락눈 내리기 시작하면
짠내 나는 해풍과
날카로운 겨울바람을 번갈아 맞으며
고랑대에 걸린 명태는 미라가 되어간다

떼 지어 파도 타며 유영하던 명태는
박제된 역사가 되고, 그 틈을 비집고
시퍼런 청춘은 현실을 바라본다
자신의 역사가 될 내일을 생각하며

고향 바다

고향의 텅 빈 자리를
네가 지켜왔구나

해변의 모래 한 알 한 알에
각인됐을 한 시절의 추억이
녹슨 시간의 늪에서 허우적거린다

그리움으로 다 채울 수 없는
그 긴 이별의 시간
황량한 외로움에 사무쳐
밤바다의 별빛을 따라 걸었다

수평선에 명멸하는 돛을 바라보며
곡진히 기다렸을 그 마음이
지금도 내 생의 차원을 확장하리라

새벽 꿈

내 귀는 조개껍데기
눈 감으면 파도 소리
눈 뜨면 세상 소리

어린 시절 들었던
그 파도 소리
오래오래 간직하려
감은 눈 뜨지 않고
발소리 죽여 가며
가만가만 집으로 돌아온다

고향의 여름밤

여름이면
할머니는 저녁밥을 마당으로 내온다

평상 옆에서
피어오르는 모깃불 연기는
흐르지 않는 바람을 타고
하늘을 향한다

하늘 한가득
별이 춤추고
달빛은 냉채 그릇으로
내려앉는다

뒷산 숲 속의 고요는
헛간 앞에서 짖어대는
멍멍이 소리에 깨어지고
할머니 부채질에
밤의 요정이 찾아든다

주문진행

군중 속에서 서로 부대끼며
분주했던 하루를 마감하면서
뒤돌아보면
거기에는 언제나 나 혼자
우두커니 서 있다

혼자라서 외롭다고 느낄 때
그래도 난 돌아갈 곳이 있어
주문진행 버스를 탄다
푸른 바다
맑은 호수
바로 주문진이다

지난날의 인연들은
엷어지고 끊어졌지만
푸른 바다 끝으로 날아가는
갈매기를 바라보며
부서지는 파도 속으로
몸을 던진다

고운 노을빛이 사라지고
밤이 찾아오면
수많은 별들이
호면에 내려앉아
지나간 첫사랑의
추억을 들려준다

오늘도
숨 막히는 하루를 보내고
난 주문진행 버스에
몸을 싣는다

환향회구環鄕懷舊

나 오늘도 동쪽 바다를 바라본다
해변에 뿌려졌던 내 젊은 시절의 조각들은
해풍에 실려 향기로 되살아나고
추억은 눈물이 되어 지나간 시간을 적신다

돌아보면 손에 닿을 듯한 청춘의 순간들은
어느덧 세월의 간극이 되어 고독으로 채워지고
내 무료한 일상은 뱃전에 실려 다시 일렁인다

나 오늘도 동쪽 바다를 바라본다
평생 내 분신처럼 남아 있는 그리움은
방파제 끝 등대의 그 긴 한숨으로 돌아오고
나는 오늘도 해변 어느 곳에서 고이 잠들어 쉬리라

2부

시후여정時候旅程

가을 여행

가을이 달고 온 추억을 쫓아
나그네는 길을 떠난다
길가에 핀 갈꽃을 바라보니
먼 산 단풍이 먼저 붉어지네

한밤중 나뭇가지 흔드는 바람 소리에
꿈 깨어보니 영창으로 달빛이 쏟아진다
눈 뜨면 달에 비치는 보고 싶은 얼굴
눈 감으면 가슴에는 그리운 추억

나그네의 노독路毒에
졸음이 몰려오면
풀벌레 소리 베고 누워
오늘 밤도 그 추억의 뒷길을 걸어본다

춘색 春色

천지는 현황玄黃의 터널을 빠져나와
연둣빛으로 물들이고,
이를 알아차린 창밖의 새들은
소리로 계절의 변화를 알린다

새들은 그 연둣빛 조각을 물고
세상으로 날아가
각자 봄의 색깔로 덧칠하고
우리는 연둣빛이 초록으로 변해가는
그 짧은 순간에
그곳에서 피어나는 꽃송이를 바라보며
봄의 찬가를 부르리라

계절의 변화를 몰고 온 이 순실한 새들은
이제 그들의 둥지로 돌아가고
우리는 그저 봄을 노래하는 것으로
계절의 변화에 순응하리라

우수절

내리던 눈은 빗물이 되어 땅을 적시고
대지는 드디어 겨울잠을 털어내고
큰 입을 벌려 겨우내 품고 있던
새끼를 토해낸다
우수

언 강이 풀리고
풀린 물이 개울을 지나
들판으로 흘러들어
나뭇가지를 타고 오른다
우수

새 빛을 맞으며 대지를 밟은
어린 생명은 시린 발을
곰지락거리며 어둠이 걷히는
천지를 딛고 일어선다
우수

할머니는 한겨울

윗방 천장 밑에서 곰삭으며 뜬
메주를 할아버지 냄새와 함께
털어내며 소금물에 띄운다
우수

내소사

능가산 기슭에 있다는
그 이름도 아름다운 내소사를
찾아가는 날, 우수

일주문 지나 양립해 있는 전나무는
낮게 드리워진 하늘 때문인가
그 진한 향기로 나를 반긴다

법당 앞에 서 있는 느티나무는
천년의 세월을 간직하며
필경 부처의 가르침으로 그 자리를 지켰으리라

계단을 올라 대웅보전 앞에 서니
변산반도에서 불어온 해풍에
요란한 단청은 씻겨나가고, 그 수수함이
오히려 찾는 이의 마음을 가볍게 하는구나

본전에 들어서니
세욕으로 가득 찬 내 모습에

부끄러워 고개 숙이고

취하고, 쌓고, 모으던 이 내 생애
비우고, 내리고, 나누어
평화를 청하고자 부처님께 합장하네

몽골 여정

얼마나 멀리 와 있는가
나 지금 대지를 밟고 서 있다
푸른 하늘 가슴에 안고
스쳐 가는 초원의 바람을 마신다

방울 소리 울리며
조랑말 타고 언덕을 넘어오는
오카 양의 모습은 흡사
[별]의 스테파네트 아가씨

테를지 시골 마을의
골짜기마다 어둠이 내려앉으면
옛 고향에서 본 별들의 향연이 펼쳐진다
북극성, 카시오페이아, 은하수 옆 견우와 직녀

몽골 여정은 오직
아름다움만을 간직하고 싶은 나에게
일상과 유토피아의 경계를
허무는 작은 반란이다

노승의 기도

오대산 끝자락
지도에도 표시되지 않은 절, 덕흥사
오늘도 샛별 반짝이는 고요 속에
법당에 불이 켜지고 새벽예불이 시작된다

이 절을 지키고 있는 스님은
견성見性을 했음 직한 법세法歲임에도
무슨 사연이 있어 이 새벽에 저리도
간절히 부처님께 기도할까

일본군 징용 피하려 아버지 손을 잡고
절에 든 게 부처와의 인연일까
부처가 무엔지, 인연이 무엔지
아홉 살 아이가 무엇을 알았겠는가

절을 내려와 일상으로 돌아온 게
파계라고 한다면
열다섯 소년의 삶에 너무 가혹한
굴레가 아니었을까

세상에서 맺은 가볍지 않은
그 수 많은 인연들을
청심의 일념으로 내려놓고
절집으로 향할 때

부처도 사람인데 어찌 이렇게 박정하게
처자식의 정을 끊을 수 있느냐며
원망의 소리와 탄식의 한숨을
말없이 끌어안고 부처님을 다시 찾았다

그 원망과 탄식을
지금껏 가슴에 묻고 매일 새벽
시방삼세十方三世 부처님께
빌고 빌고 또 빌고 있다

반야심경이 끝나면서
반짝이던 별들도 덕흥사 골짜기로
하나둘 떨어지고, 노스님의 기도도

부처의 마음에서 절집 마당으로 내려앉는다

40년 끊지 못한 인연의 줄을 타고
오늘 이 새벽의 간절한 기도는
세상으로 향할 것이다
그 기도는 너무나도 인간적이므로

봄─영춘迎春

봄을 만나러
봉일천 들판으로 나갑니다

입춘은 지났으나
삼월은 아직 한참인데
봄은 이미 논두렁 밭 언저리로
솔솔 피어오르고
동리 아이들은 온몸으로 봄을
맞이하고 있습니다

아이들 웃음에 흠뻑 젖은
봄 한 아름을 꺾어와
계절의 모퉁이에 꽂아두고
여름이 올 때까지 간직하렵니다

목련을 바라보며

올해에도 4월이 되자
어김없이 목련이 핀다

목련은 잎이 나기 전에
꽃을 피운다
내 청춘 피기 전에
좌절을 경험했던 것처럼

목련은 순백의 꽃을 피우기 위해
겨울 땅속에서 줄기로 꽃물을 올린다
내 젊은 한 시절 세상을 향해
처절히 눈물을 쏟아냈던 것처럼

목련 꽃 하나둘
지면 위로 떨어질 때
내 속절없던 삶의 시간들도
하나둘 땅속에 묻힌다

봄의 향연

눈 녹은 실개천의 물줄기는
준령을 관통하여 강물을 이루고
가냘픈 나비의 날갯짓은
막중한 봄을 몰고 온다

이렇게 시작된 봄이
세상으로 퍼져 나갈 때
미물의 세계에도
봄의 향연이 펼쳐진다

성큼성큼 다가오는
계절의 변화는 이미 시작되었고
너희도 이 봄의 향연에
거룩하게 동참하라

이제 들을 가로질러 부는
산들바람에 꽃비가 내리고
우리는 계절의 강을 건너기 전에
꽃 대궐에서 봄 잔치를 벌인다

공양왕릉

긴긴 장마 끝에
고맙게 내민 햇살 받으며 찾은 곳,
원당골 공양왕릉

무신武臣의 나라 마지막 왕 공양왕
신하에 의해 추대推戴되고 폐위되어,
결국 죽음을 당한 망국의 왕

역사는 승자의 것, 능참陵参은 고사하고
참도参道조차 보이지 않는구나
망국의 한과 배신의 분을 안고 잠든
49세 인간 요瑤

시간을 뛰어넘은 석물에 기대어
석양에 침묵하는
요瑤와 대화를 나눈다

정몽주 / 이성계 / 정도전 / 삼척 근덕면

여름날의 소묘

여름날
뇌성이 천지를 흔들며
갑자기 하늘이 쏟아진다
세상이 열릴 때도 이랬을까

모든 시작과 끝에는 소리가 있는 법
우리가 태어날 때는
우렁찬 울음소리가 있었으며
죽음도 누군가의 곡성哭聲으로 알려진다

무성無聲은 정체停滯
세상이 끝난 후에 오는 것
우리는 지금 여기 살아있음을
소리로 증명해야 한다

여름날
뇌성이 천지를 흔들며
갑자기 하늘이 쏟아진다
세상이 열릴 때도 이랬을 것이다

바람은 세상으로 흐른다

하늘은 세상으로 통하고
바다도 세상으로 이어진다
바람은 그 하늘과 바다를
관통하여 또한 세상으로 흘러간다

바람은 새가 되어
경계를 의식하지 않고 월경한다
경계란 그저 베스트팔렌조약이
규정한 선에 지나지 않는 것을

그 무의미한 선이 역사를 모질게도
너무나도 모질게 구속한다 할지라도
오늘 바람은 또 새가 되어
하늘과 바다를 가로질러
경계를 뚫고 세상으로 흘러간다

처서가 지나고

차가워진 강물을 따라
대지大地는 식어가고
감나무 위에서
마지막 앙탈을 부리던 매미도
곧 모래시계 허물어지듯
흙먼지 속으로 그 잔해를 묻으리라

지난여름
뜨거운 태양 아래에서
폭염을 견디어낸 곡식은
이제 마지막 햇살을 받으며,
들판을 가로지르는 찬 공기를 맞으며,
한 해의 결실로 여물어간다

매미가 앉았던 감나무 가지 사이로
인상 좋은 털보영감 모습이
바람에 따라 어른거린다

소추素秋

유난히 길었던
가을의 길이만큼이나
상념은 더 깊어 가는구나

가을을 마감하며
내리는 비는 차라리
처절한 아름다움이어라

가을의 끄트머리에서
삶의 발자국을 뒤돌아보며
이 세상을 참으로 사랑하리라

만추의 덕수궁

늦가을의 덕수궁은
모든 것이 가라앉아 있다
낮게 드리워진 하늘은
회색의 무게에 힘들어하며

사직社稷의 종언을 고하던 현장
이제 주인공은 모두 사라지고
망국의 한이 절절이 스며든
구석에서는 한숨만 토해내고 있다

황제의 추억이 어린 함녕전咸寧殿에는
사람의 온기가 사라진 지 오래고
일군日軍이 거포를 설치했을 중화문中和門에는
홍엽의 융단이 역사를 덮고 있구나

모모를 기다리며

비행을 마친 제비 한 마리
빌딩 숲 한구석으로 돌아온다
깃털을 파고드는 바람은
이미 겨울을 향하고 있다

도시를 무겁게 누르는 늦가을의 공기는
제비의 힘겨운 날갯짓에 흩날리고
뼛속까지 파고드는 회한의 통념痛念은
이 도시 밑바닥에 침착沈着되어 버린다

미치도록 증오하던 저 흉물스러운 빌딩에
제비의 마지막 날개가 화석으로 남겨질 때
그 빌딩들은 가로등 뒤에서 큰 입을 꾹 다물고
짐짓 아무것도 모르는 척 있을 게다

도시의 새벽은 제비의 날갯짓으로 열리고
아스팔트를 가로지르며 타인의 냉기가 흐른다
해가 뜨기 전 황량한 이 회색 도시에
모모의 입김을 불어넣으리라

유화油畫

추억의 창으로
겨울을 바라본다

나목의 가지 사이로
예리한 바람이 불면
언덕배기 밤나무는
온몸으로 겨울을 지킨다

삭풍의 끝,
사르락거리며 눈이 내린다

뒷산 너머 어느 골짜기에서는
먹이 찾는 산짐승이 내려오는가
거친 숨소리가 골을 타고
창가에 와 닿는다

산모퉁이 돌아 있는
벙어리네 강아지도
무엇을 들었는지 큰소리로 짖어댄다

겨울의 소리가 아스라이 멀어질 때
어느새 창가에는 성에가 낀다

겨울 산행

입춘이 지났으나
바람은 겨울이다

눈 녹지 않은 그대로의 겨울 산
거기 외곬으로 접어드니
눈길에 찍힌 발자국
이 산의 주인들이다

작은 것은 토끼일 게다
보폭이 넓은 너는 노루겠지
아, 저놈은 새끼를 이끌고
먹이 찾아 헤맨
멧돼지임에 틀림없다

나도 그 옆에 발자국을 남긴다
그러나 내 발자국이
아무리 더해진들
너희가 이 산의 주인인 이상
나는 객이다

3 부

궁시일기窮時日記

점심點心

당번이 옥수수빵을 가져왔다
미국이 원조한 빵이란다

일 학년 때는 60개였는데
이 학년 때 30개로 줄더니
삼 학년이 되자 15개가 되었다
청소분단만 먹을 수 있다고 한다

춘궁기春窮期, 부실한 아침으로 등교한
국민학생에게 길어지는 해는 야속하기만 하다

집에 오자 허기진 배는 솥뚜껑을 연다
거기에는 할머니가 식구 중에
나만을 위해 준비한 점심-씨눈을 떼어낸
씨감자 세 개가 복지깨에 덮여있다

이렇게 시장기를 속이고 어린 시절을 건넜다
마음에 점을 찍는다고 하여 점심이라고 하던가
국민학교 시절 내 마음에 찍은 그 점은
할머니의 사랑이었다

풍경화

어기적거리는 늙은 황소를 앞세우고
할아버지는 어스름한 달빛을 안고
좁은 논둑을 건너와
외양간 대신 우물가로 향한다

황소가 대야의 물을 다 마시는 동안
할아버지는 그 앞에서 담배를 피운다
그러면서 둘은 눈을 마주 보며
서로 하루의 수고를 위로한다

어둠 속은 내내 적막하다

기억의 저편

주문진의 보릿고개는 오징어가 나기 직전이다
바닷가 사람들의 삶을 무겁게 짓누르던
그 어두운 고개를 넘어서면 주문진은
동면에서 깨어나는 동물처럼 다시 살아난다

집어등이 항구에 닿으면
주문진은 오징어로 뒤덮이고
어판장 일꾼들의 손은 바빠진다
이들의 굵은 땀방울이 되살아난 주문진을 증명한다

어판장 한쪽 구석에 자리한 좌판에서는
꼽떼이 삶는 냄새가 노동에 지친 이들의
허기진 배를 더 크게 자극한다

동해 바다에서 유영하던 고래가
어느 그물에 잡혀 좌판 위에 올라오듯
바다에서 삶을 찾던 이들도 바다를 떠나
다시는 돌아오지 않았다
그들은 지금 여기 없다

콩 터는 날

며칠이 지났을까
아무도 그를 찾지 않았다
잊혀 간다는 두려움이 엄습할 때
그래도 그가 찾은 곳은 집이다
대문을 열고 들어서니
아버지는 마당에서 콩을 털고 있다
눈길 한번 주지 않는 아버지 옆을 지나
그는 도리깨를 받아 쥔다
청춘의 무게로 들어 올린 도리깨를
세상을 향한 처절한 외침과 함께
허공에 내리친다
그의 젊은 날과 같은 콩알들은
작은 비명을 지르며 이리저리 흩어진다
방향을 잃고 비산飛散하는 저 콩알들
역시 아무도 찾지 않을 것이다
며칠이 지나도

할아버지와 제사

오늘은 29대 고조부 제사 모시는 날
할머니는 이틀 전에 시장에 나가
비싼 문어 대신 만만한 싱둥이를 사와
처마 밑에 걸어 말리신다
탕에 쓸 어물이다

할아버지는 저녁 무렵부터
향을 깎아 향합에 넣고 축문을 쓰신다
나는 상널을 꺼내고
누나들은 놋그릇 제기를 닦아야 한다

봉제사 8번에 전사가 4번
설날, 보름, 한식, 추석, 동지, 5번의 차례
가난한 집 제사 자주 돌아온다는 말, 맞다

할아버지는 영화로웠던 집안의 역사를
이 제사로 증명하려 하시나 보다
"세월은 변해도 근본은 변하지 않는다"면서
온몸으로 반원을 그려 절을 하시던 할아버지

이제 집안의 제사는, 전사는 고사하고
부모님 합제사에 그것도 저녁에 모시고 끝이다
근본이 변했을까 할아버지의 삶이자 신앙이던
집안의 제사가 세월과 함께 허물어져 버렸다

설날

설이 다가오는데
집에서는 설 준비의 기미가 없다
준비할 게 없단다
차례를 지내지 않으니 제수 준비도 없고
세배 올 사람 없으니 음식 준비도 없다
그렇다고 요즘 세상에 설빔이 웬 말인가

그래도 아무것도 하지 않는 게 불안하다
가난했던 시절의 설에는 오히려
체온을 느낄 수 있었다
온전한 설을 무언가에 강탈 당하고
이제는 삶의 일부를 깎아 버리는,
그런 시간을 보내는 하루가 되었다

나이를 먹는 설날이
그저 세월의 단위가 아니라
우리 행동의 습관으로 기억되는 것은
차례를 지내고, 세배 손님을 받고
설빔을 장만했기 때문이다

올 설에도 그냥
기억의 습관을 매만지며
떡국 한 그릇을 기다리겠지

할머니의 유월

유월이면
어김없이 원호처에서 행정우편이 배달된다

그 순간이면 늘 그랬듯이
할머니는 일 년 내내 참았던 울음을
한꺼번에 토해낸다

소복으로 단장한 할머니의 손을 잡고
강릉행 버스를 탄다
가슴에는 [원호가족]이라는 리본을 달고
오늘은 버스도 무료다

입구에서 사이다 한 병과
단팥빵 두 개가 든 종이 봉지를 받아들고
국가의 연설을 듣는다
"조국과 민족을 위해 산화한 호국영령…"

그러나 그 단어들은
경포 저편에서 불어오는 해풍에 흩날리고

할머니의 애끊는 서러움만
그 자리를 채운다

할머니
올해도 그 날이 돌아왔습니다

일상

아침에 아내의
건조한 인사를 받으며 집을 나선다

무표정한 군상 속에 묻혀
흔들리는 버스로 출근하면
어제와 전혀 다를 바 없는
그 얼굴들과 마주한다
무료하고 무의미했던 하루가 끝나면
출근 버스 역방향으로 퇴근한다

그래 오늘은 어제와 달라야지
큰맘 먹고 골목길 모퉁이
포장마차의 비닐을 걷으며
'곰장어에 소주 하나'를
호기 있게 내뱉는다
봄을 타는 중년의 일상에
저항이라도 하듯
거칠게 소주를 마신다

오늘 하루의 시간을
두 손으로 으깨어 마지막 술잔에 타
한입에 털어 넣고 나서려는데
꽃 떨어진 벗나무 가지
어깨를 뚝 친다
"내일이 있잖아"

안녕 몬도

국민학교 5학년
그는 강한 경상도 억양과
밀감이라는 과일을 갖고 전학을 왔다

학창시절
내 교복의 추억 한가운데에는
언제나 그가 함께하였다

교복을 벗고
우리는 서로 다른 길을 걸으면서도
그 추억은 우리의 구심이 되었다

심한 부침과 깊은 굴곡의
생활 속에서도
그는 결코 웃음을 잃지 않았다

유난히 습하고 지루했던 그해 여름
그 마지막 날에 삶의 짐을 내려놓은
내 친구 영효야

천상에 올라 우리 할머니 만나거든
네 이름이 몬도가 아니라고
다시 한 번 말해보렴

가난한 날의 일기

반장에게 수학여행 못 간다고
말하고 오던 날 밤
할머니는 이불 속 밑으로
수학여행비라며 돈을 건넨다

받아든 지폐에서는 여름 내내
열무 파느라,
오징어 손질하느라
흘린 할머니의 땀 냄새가 풍긴다

할머니의 주름진 손에서 전해지는
막내 손자에 대한 절대적인 사랑이
시들해진 달빛과 함께 창틈을 타고
내 가슴 속으로 밀려든다

오늘 밤도 그 달빛을 만났다
지금도 내 눈시울을 뜨겁게 달구는
어린 시절의 한 대목을 안고

숙부의 묘비

얼굴 한 번 본 적 없는
작은아버지, 그분의 묘비를 세운다

할머니께 현몽現夢하여
마지막 인사하러 왔다던 그날
포연砲煙 가득한 중부전선 어느 골짜기에서
힘겹게 마지막 숨을 몰아쉬었을 것이다

존재조차 희미하던 그곳에서
태극기에 싸였던 한 줌의 유골과,
함께 묻혔던 할머니의 절규와
할아버지의 한숨을 꺼낸다

채 피우지 못한 스무 살 청춘의 한을
반원에 담아 봉분을 쌓는다
빛나는 훈장, 그런 거 없으면 어떠랴
이등병 목숨 바쳐 지켜낸 조국이 있거늘

당신의 고귀한 이름 석 자
돌에 크게 새겨 넣어 후세에 전하리다

사모 思母

한평생 같이하자던
지아비 먼저 보내시고
큰산같이 의지하던
맏아들마저 앞세우더니
불교에 귀의하여
남은 자식 잘되라고
매년 여름이면
백중기도 올리시던 어머니

어머니의 평생 생활이던
죽도시장 생선 냄새는
불단의 연꽃,
그 향기 되어
온 법당을 가득 채우네

문수보살 보현보살께
백팔배 올리시는 어머니
땀방울 하나하나에
간절한 그 속마음 담아

빌고 또 비는 사이
시나브로
차안此岸의 번뇌 내려놓고
피안彼岸으로 드시네

자화상

세월에 얼굴을 비추어 본다
다가서서 자세히 들여다보니
거기에는 역시, 잘못 살았다는
자괴감에 고개 떨구고 있는
가엾은 한 남자가
나를 쳐다보고 있다

어제같이 기억되는
지난날을 되짚어 본다
내 것 아닌 그 무엇을 구하려
많은 날을 허송하였고
거짓 없이 살아야 한다는
순수한 마음은 허울만 남았다

변제 불가능한 수없는 말빚에
한밤중에 깨어나
입술을 깨물며 참회를 해도
속죄될 수 없는 삶의 세월
이제 어머니께 편지를 쓰며

벌을 청해야겠다

지나간 세월에서
한 발짝 떨어져 고개를 드니
그 시간 위로
색 바랜 바람이 소리 없이 지나간다
그래도 지금껏 나를 지켜온 건
저 바람이리오

할머니 꽃잎 타고 날아갔네

온 세상 꽃 피어
아름다운 봄날
하늘에서 불어온 바람에
그 꽃잎 다 날리네

바람에 실려 내려온
꽃잎 하나가
할머니 태우고
저 멀리 날아갔네

꽃잎처럼 고운
우리 할머니
꽃잎 되어 저 멀리 날아가네
내년 봄 그 꽃 다시 피거든
할머니 소식이나 전해주오

헤어지지 않은 이별

경상북도 포항시 동해면
동산공원묘지 21-7-15호

님이 가신 지 어느덧 스무 해
두 아들과 함께 남겨진 애끓는 탄식도
가슴에 묻어버린 절규도
매일 밀려드는 동해의 해풍 같은
그리움 그리움 그리움

동기이생同氣而生하고 30년
이제는 시름 놓고 살자던 그 말은
허망하게 사라지고
애절한 추억만이 그 자리를 채운다

님은 우리 곁을 떠났어도
우리가 기억하는 그 시간 속에
님이 살아 있는 한
우리는 결코 이별하지 않으리

심장 수술

"심장의 작동을 최소화하고,
오래 걸리지 않을 겁니다. 걱정 마세요."
걱정 마세요?
아 이 양반아 심장이 어떤 곳인가
뛰지 않으면 죽는 걸세

창 너머 우중충한 하늘이
별 미련 없이 눈에 들어온다
하늘 밑에 우두커니 서 있는 마른 나무
그 가지 사이로 삭풍이 지나가고
내 지나온 나이 사이로도 지나간다

심한 두통으로 눈을 뜨니
천지가 하얗다 여기가 어딘가
세상이 돌아가나 내가 돌아가나
모든 게 빙글빙글 돌아가다
하나둘 제자리를 찾는다

의사 선생이 뭘 알겠어

난 분명 이승의 끝

– 저승 문턱까지 갔다 온 거야

그 문이 열리지 않았을 뿐이지

친구의 부고

휴대전화로
친구의 부고가 울린다
그 친구, 달포 전에 만났을 때

50의 강을 무사히 건너
60의 땅에 이르면
70의 산에 오르기에
별 무리 없을 거라며
안부 인사 건넸는데

연초에 인사가 없어
궁금하던 차에
부고가 인사를 대신한다

남의 안부 걱정하더니
정작 자신은 챙기지 못하고
어이 그 강에 빠지고 말았는가

강이든 땅이든 내 갈 길 가다 보면

어디선가 자네 만나지 않겠나
그런데 자네,
내 부고 받을 휴대전화는 갖고 갔는가

도시 노동자

오늘 새벽에도 그는 어김없이
구로역 인력시장에 서 있다
동틀 때까지 기다렸으나 오늘도 허탕인가
그는 축 처진 어깨를 추슬러
길 건너 기사식당으로 향한다

젊은 한 시절
황홀한 불빛과 사람으로 넘치는
거대한 도시를 좇아 이곳에 왔다
그리고 30년, 그의 영혼은
온전히 이 도시에 영치되어 버렸다

식탁에 가정식 백반이 놓이는 순간
밥 냄새가 온몸으로 전해지면서
오래전 고향집 부뚜막에서 맡았던
그 냄새를 떠올리고
목젖을 지그시 누르는 뜨거움을 느낀다

주머니를 털어 소주 한 병을 시킨다

한잔의 소주에 씻겨나갈 리 없는
그 아득한 그리움에
그는 긴 한숨을 토해 낸다 그의 한숨에는
찌든 도시의 고단함이 덕지덕지 묻어난다

그는 오늘 오후 매일 밤 꿈꾸던
고향행 버스를 탈지도 모른다

노숙자

지하 서울역, 열차가 도착하고
아침밥 먹은 사람들이 개찰구로 쏟아져 나온다
의미 없는 보따리를 베고 누워 있자니
발소리만 들어도 이제 그가 누구인지 알 것 같다

일어나 찌그러진 깡통을 내밀고
고개를 처박고 있어야 인심 좋은 아저씨가
천 원짜리 지폐라도 한 장 넣어줄지 모르건만
무거워진 몸이 이마저 허락하지 않는다
어제 외팔이 영감과 한바탕 한 게 문제인가

"담배 한 대 주라"
"담배 맡겨놨어? "
"넌 인마, 낮에 쐬주 꼬불쳐놓고 혼자 처먹었잖아"
저승사자 같은 겨울의 터널이
저 앞에서 입을 쩍 벌리고 있거늘
담배 한 개비, 소주 한 잔에 지금 살아 있음을 증명하
려나 보다

화려했던 왕년이 헐거워진 허리춤 사이로 빠져나가고
그 틈을 채우려 무료급식소 앞 행렬에 끼어든다
우울한 가을바람에 싸늘해진 나뭇잎은 떨어지고
사람과 짐승의 중간쯤 되는 군상들은
유체이탈된 인생을 찾아 오늘 밤도 휴지통을 뒤적거
린다

지나온 세월만큼 차가워진 시멘트 바닥에
라면 박스를 깔고 거추장스러운 몸뚱아리를 누인다
지하 냉기가 온몸으로 파고들면 들수록 기억 속에
더 뚜렷하게 남아 있는 엄마의 젖을 빨며 까무룩 잠이
든다

아버지의 일요일

세월의 때가 겹겹이 둘러쳐진
오십 고갯마루
기다리고 기다리던 쉬는 날—일요일
몸 전체를 관통하며 흐르는
강물 같은 피곤함이
적어도 이날만은 멈추길 바란다

30대, 동무들과 늦은 밤까지 어울리다
40대, 마루 끝에 앉아 담배를 피우다
50대, 시집에 앉은 먼지를 털어내다

제대로 된 평일이 없었던 한 주
그 끝에 찾아온 안식의 시간
그 소중함은 혈관 속에 흐르는 피마저도
강렬한 휴식과 재충전을 원한다
가난한 내일을 위하여

4 부

유수부사流水浮思

그 아이와 나

그 아이가 떠나는 날
그날도 눈이 내렸다

마당에는 그 아이의 마음이
눈이 되어 겹겹이 쌓이고
방 안에는 내 마음처럼
눈이 흩날린다 이리저리 흩날린다

잡을 수 없는 그 아이
잡을 수 없는 내 마음
그 아이는 그렇게 떠나고
내 마음도 그렇게 떠났다

먼 훗날
눈이 내리는 날
그 아이 목소리에 뒤돌아보니
눈 내리는 소리만 마당을 채운다

눈 속에 녹아 있는 하얀 추억

그 추억이 생명을 품고 밝아지면
그 아이가 떠난 그 길을 따라
나도 떠나리라

소돌해변

계절의 체온이 식지 않은
철 지난 바닷가를 헤매듯
그립지만 그 단 하나만의
이유로 난 글을 적을 수 없소

모르는 건 아니라 할지라도
알고 싶지도 않은 것은
차마 내세울 수 없는
사랑의 비겁이라 돌리고 싶소

지금은 벌써 한적한 소돌해변
그 솔숲 뒤로 명멸하는 전마선처럼
자꾸만 자꾸만 혼자인 것만 같아
이 여백이 메워지고 있는 듯하여이다

전마선이 파도를 헤저어 가듯

초연初戀

내 생에
처음으로 사랑했으며
가장 크게 사랑했던 그대

봄이면 봄처럼 청초하고
여름이면 꽃같이 피어났으며
가을이면 완숙의 우아함으로

형언할 수도 측량할 수도 없는
무게와 깊이로
내 마음에 담아 두었던 그대

그대를 향한 내 마음
그 순간순간을 모아 두었다가
밤이면 편지를 쓴다
그대를 추억하며 오늘도

탑리우체국

찬바람 부는 12월 어느 날
그 사람 주소 하나 달랑 들고 찾아간 곳
경상북도 의성군 탑리우체국

아직 전할 사연 우체통 한가득한데
속달우편만큼 바쁜 내 마음과는 달리
접수창구 저편, 연탄난로
그 위에 올려져 있는 주전자에서는
김이 올라온다 한가로이 올라온다

그 사람에게 하고 싶은 말
우체부 아저씨 그 큰 가방에
가득 담아 실어 보냈건만
아직도 뭔가가 남아있는지
창밖에는 무거운 눈이 내린다

님 그리며

이별 모랭이 돌아서는
님의 뒷모습 바라보며
어여쁜 마음
언제까지고 간직해주길
빌고 빌고 또 빌었는데

그리움이 넘쳐서 돌아올 때
기별만 넣어주시면
야속한 마음 삭이고
기쁨으로 맞이하겠노라
그리도 다짐했건만

이 내 마음 산새가 물고 가
떨어뜨린 씨앗이 꽃 피고 지고
또 피고 지고

먼 훗날 돌아온 님은
꽃 떨어진 그곳에
내 마음 떨어져 있음을 어찌 알까?

연모 戀慕

늦은 오후,
시간을 틈타 아리랑고개를 넘어간다
젊은 시절의 부끄러움을 남이 볼까
얼굴 깊이 감추고 몰래몰래 넘어간다

고개 말랭이 너머에는
회색 기와집이 정물처럼 각인되어 있다
기와가 검게 변할 만큼 시간이 흘렀건만
기억은 지금의 감정으로 채색되는 것
아직도 그 기와집은 회색에 머물러 있다

지붕 위 하늘은 오늘따라
눈이 부시게 더욱 푸르고
그 하늘을 바라보는 눈에서는
세월의 흔적이 묻은 눈물이 난다
자꾸자꾸 눈물이 난다

좋은 시절은 문득 왔다
금방 사라지고 마는 것

고샅에 황혼이 내려앉을 때까지
사라지는 순간의 마음을 놓지 않으려
중년은 움직임도 없이 그 집을 바라본다

추억의 바다

지난 여름날
뜨거웠던 해변의 열기는 사라지고
그 자리를 체온이 대신한다
파도에 이는 포말은 찬바람에 날리고
우리의 모습은 그 바람을 따라
함께 사라져 간다

비록 겨울바람이 해변을
할퀴고 지나갈지언정
따스했던 우리 마음은
추억에 담겨 그 자리를 지킬 테지

밀려왔다 밀려가는 파도의 반복 속에
세월은 정기적으로 흘러가며
모든 것이 그 세월 따라 변한다 할지라도
이 자리에서 했던 우리의 선언적 맹세는
저 바위처럼 굳건히 그 자리를 지킬 테지

따스한 해풍이 불어오는
봄날 그 후까지

기억의 그림자

눈을 감으니 바다 냄새가 다가온다
염기鹽氣 품은 바람은 온몸을 감싸고
기억 속에 얼굴들도 차례차례 이어진다
바람에는 그런 흔적이 실려 있다

그 빛바랜 시간에 조심조심 입맞춤한다
흘러가는 세월에 그냥 맡겨두어도 좋으련만
기어이 끄집어내어 침묵의 눈으로 바라봄은
인정할 수밖에 없는 내 기억의 일탈이다

그래도 그 기억 속에서 만난 그녀의 슬픈 눈물을
시골 버스터미널 낡은 의자에서 발견하는 순간
내 가슴은 온통 울렁거린다
그곳에서 처음 그녀를 만났을 때처럼

감았던 눈을 뜨자 멈추었던 시간이
아무 말 없이 지나간다

이별

원당골 언덕에 배꽃 만발할 때
그대 나를 떠나려 하네

나 그대 보낼 수 없다고
아침에 뜨는 해님에게 빌어보고
저녁에 스치는 바람에게 빌어보고
한밤에 떨어지는 빗물에게도
며칠이고 며칠이고
빌었다오

그래도
그대 정녕 떠나신다면
나 햇빛 되어 그대 앞을 밝혀주리라
그대 정녕 떠나신다면
나 바람 되어 그대 등을 밀어주리라
그래도 그대 정녕 떠나신다면
나 빗물 되어 그 길을 촉촉이 적셔주리라

그러나

나는 그대를 보내지 않았다네
내년 봄 원당골에 배꽃 다시 피면
내 마음속에서 살아나는 그대를
웃으며 맞이하리라

전방, 어느 겨울 이야기

눈이 내린다

청춘의 한이 어린 철책도
내린 눈에 묻혔고 천지는 하얗다
참 아름답다

위병소 옆 모퉁이에 있는
[통일슈퍼] 집
그 별채 초가지붕 위에도
반원으로 눈이 싸인다

솜털 같은 눈이 지붕을 누르고
그 무게만큼
방 안의 공기는 팽창되어
어긋난 문틈 사이로 빠져나간다

별채 섬돌에는
빨간 하이힐과
길나지 않은 군화가

가지런히 놓여있다

오늘 밤 이 신발 주인들의
짧은 대화는
눈 내리는 이 전방의 천지보다
더 희고 아름다울 것이다

난망지군難忘之君

광음과 같았던 청춘과 함께
지나갔던 군君의 모습을 그려본다
그리워하며

내려야 할 역을 놓치고
떠나버린 기차 안에서
창밖 풍경을 건성으로 바라봄은
지금 내 삶의 껍데기를
조망함은 아닐는지

다음 역까지 연장된 어정쩡한 여정에서
옆자리 주인과 조우할 수도 있으련만
이 또한 굴곡진 내 인생사에
잉여물이 아닐까 염려되어
그 연緣을 가만히 내려놓는다

나리꽃

꿈길 따라 오는 그리움을 밟고
차돌봉으로 향하는 발끝에
이슬 먹은 잡초가 관능적으로 다가온다
논두렁 풀숲 위로 씩씩하게 고개 쳐든
너—나리꽃
마른장마 끝에 내린 짧은 빗줄기
그 절름발이 계절을 따라
너의 향기를 들이마신다
밀구蜜溝로 뿜어 올리는 꿀물의 향기가
한없이 내 가슴을 적셔도
열매 맺지 못하는 너처럼
꿈길을 쫓아오던 그 그리움은
허망하게 사라지고 마는 것을
이제 조심조심 제자리로 돌아오는 길
잔망스러운 벌나비는 아직도
나리꽃 주변을 맴돌고
나는 여전히 꿈길을 맴돈다

봄비 따라온 그대

봄비가 오달지게 내린다
창에 맺힌 빗방울에
창 너머 풍경 같은 희미한 기억이
씨와 날로 이어지며 되살아난다

젊은 한 시절
이 창에 맑은 햇살 뿌려주던 그대
실안개 스며드는 밤이면
찰나를 움켜쥐는 듯한 눈빛으로
나를 감싸던 그대

이제 텅 빈 하늘에 무채색 구름 되어
이 봄날에 비가 되어 내리는가
추억은 현재에 투영되는 그림자
내가 가는 길에 그려지는
그 그림자를 따라 걷는다

비가 그치고
창가에 머물던 그대의 추억도

어둠과 함께 사라질 때
봄비 따라온 그대
올해도 엇갈린 세월 속으로 떠나고 마는가

우리는 그렇게 걸어갈 것입니다

맑고 밝은 이 자리에
세상에서 가장 아름다운
두 가슴이 조용히 손을 잡고 있습니다

같이했던 날, 그 모든 날에
우리는 오늘 이날이 올 것을 믿었습니다
서로 사랑했기에
사랑을 뛰어넘는 소중함으로
오늘을 맞습니다

이제 우리 하나 되어
아침 이슬 먹은 풀숲을 거닐 것입니다
이제 우리 하나 되어
푸른 밤 고요한 달빛 아래를 거닐 것입니다

둘이서 하나 되어
둘이서 하나 되어
우리는 그렇게 걸어갈 것입니다

둘이서 하나이기에
세찬 바람이 부는 날에도
폭풍우가 밀려오는 밤에도
우리는 서럽지 않습니다
결코 외롭지 않습니다

어떤 험한 길을 걸을지라도
우리는 멈추지 않겠습니다
절대 넘어지지 않겠습니다
식지 않은 가슴으로 서로를 채우고
부족함 없이 채워갈 것입니다

마지막 날에도
우리는 함께 걸어갈 것입니다
가장 아름다운 두 가슴으로
조용히 손을 잡고 걸어갈 것입니다

바닷가에서

해변에 두 발을 지탱하고
버티고 서 있는 나를 지나
바람이 날고 있다
갈매기가 스치고 지나간다

어릴 적 이곳에서 수평선을 바라보며
먼 미래에 올 세계를
지금의 이야기로 들려주던 그 아이는
밤바다보다 더 깊은 별이 되었네

바다는 내가 뿌려놓은 꿈의 세계
– 먼 미래에 올 세계
별은 유성이 되어 그곳에 떨어지고
나는 바람에 실려 별을 만나러 간다

일렁이는 파도 위로
갈매기가 날고 있다
해당화 향기 품고
바람이 스치고 지나간다

미안하다 청춘들아

온 천지가 신록으로
물들어가는 이 아름다운 계절에
대칭 같은 싸늘한 이별을 접한다

세월 따라 봄놀이 가던
꽃 같은 청춘들
어쩌다 그 차가운 밤바다에서
잠들고 말았는가

청춘을 지키지 못하는 나라
미래를 보장할 수 있을까
그대들이 맞이했을 죽음의 공포를
외면한 이 나라 어른들은 모두
내일을 저당 잡힌 죄인이다

오늘 아침 그대들의 죽음 앞에
무릎을 꿇는다
미안하다, 정말
미안하다 청춘들아

여명의 서序

모두가 잠든 이 시간
고요만이 지배한다 – 새벽
어둠 속에서 보이지 않는 것을
지켜낸 밤의 정령이 뒤돌아서는
그 마지막 순간,
천지는 푸른 달빛으로 내려앉는다
하루의 운명이 미로를 시작할 때
창을 열어 자신의 공간을 확장시킨다
푸른 달빛이 붉은빛으로 바뀌어
동녘 하늘을 수놓을 때쯤
이렇게 변해가는 사이에
조간신문이 배달되고
요구르트 아줌마가 다녀가고
경의선 통근열차가 지나간다
이렇게 세상은 눈을 뜨고
우리는 세상으로 나간다
맑은 영혼이 오늘의 시간을
움직여 줄 거라 믿으며
우리는 오늘도 세상으로 나간다

국수 먹는 날

길 건너 수역이마을에
농가식당 [국수먹는날]이 생겼다

주인은 남도에서 올라왔다는
나이 지긋한 노부부
메뉴도 주인 부부와 같이 단출하다
잔치국수, 비빔국수 그리고 막걸리가 전부다
가격도 후덕한 안주인을 닮아
모두가 3,000원이다

일요일 오후에는
시간을 동무하여 그 국숫집엘 간다
잔치국수 한 그릇에
주인 양반의 왕년을 안주 삼아
막걸리를 한잔한다

문밖에서 졸고 있던 바둑이가
주인의 거친 경상도 억양에 고개를 든다

추천의 말

시는 독백이다. 물론 연극이나 소설에도 독백이라고
하는 형식이 있기는 하지만 이는 어디까지나 관객이나
독자를 상정한 것이다. 그러나 시는 본질적으로 작자 자
신과의 대화이며 가장 내성적인 자기표현이다.

신승준 씨가 그의 고향인 주문진에 이연당이라는 글방
을 짓고 그곳에서 시를 쓴다는 소식을 접한 게 한 2년 전
일이다. 처음에는 솔직히 농담이라 생각했다. 그와 처음
만난 것이 벌써 삼십 년 전 일이다. 한국 사회가 민주화
운동으로 어수선했을 때, 어떤 면에서 에너지가 넘쳐나
던 시대였다. 그때 그도 건강한 한 젊은이로, 거침없이
자신의 의견을 말하는 전형적인 한국의 사나이였다. 그
런 그가 내성적인 시를 쓴다니 도대체 어찌 된 일인가.

나는 그를 처음 주한일본대사관에서 문화교류를 담당
하는 동료로 만났다. 나는 수년 후 일본으로 돌아갔지
만, 그와는 무슨 인연이 있었는지 몇 년 뒤 일본국제교
류기금 서울사무소가 개설되고 나는 소장으로 부임하여
신승준 씨와 매일 얼굴을 마주하게 되었다. 그리고 새로
운 조직은 늘 그렇듯이 직원들은 대부분 젊음이었으나,
그중에서 신승준 씨가 가장 연장자였다. 젊어서부터 전
통을 중시하는 경향이 있기는 하였으나 이번에는 한복

을 입고 사무실로 출근하기도 하고, 제사 방식을 온축하더니 어느덧 당당한 어르신의 풍격을 갖추고 있는 듯하였다. 나도 그에게서 그런 전통적인 것을 많이 배운 기억이 있다.

그런 의미에서 신승준 씨가 자신의 별장(글방)에 〈이연당〉이라고 하는 낯선 당호를 붙인 것은 이해 못 할 일도 아니지만, 시를 쓴다는 것은 도무지 납득이 가지 않았다. 논어나 족보를 읽고 있다면 모르겠으나 시는 아무래도 신승준이라는 인물과는 이미지가 맞지 않는다는 생각이 들었기 때문이다. 그런데 무엇이든 선입견은 좋지 않다. 우편으로 보내온 『이연당집』(상)은, 이것이야말로 신승준이라고 생각되는 작품들로 가득 차있는 게 아닌가. 나의 고정관념은 보기 좋게 빗나가고 말았다.

'이연'이란 그저 그렇게 기쁘다는 의미다. 시집에 실린 수십 편의 작품은 거의 그가 이연당에서 자연을 벗하며 자연과 대화를 즐기는 정경이다. 달과 별, 풀과 나무에 귀를 기울이고 말을 걸며 옛날을 그리워하면서도 지금을 느끼고 있다. 첫사랑의 추억 외에도 '할아버지'나 '할머니' 그 외의 등장인물은 별로 없다. 요컨대 독백이다. 그러나 그것은 은둔자의 쓸쓸한 글이 아니라 따스한 애정 어린 대화다. 찬바람 속에서 말라가는 명태의 처지를 사유하는 여유도 있다. 작은 꽃잎을 응시하는 집중력과 동시에 여러 가지를 조망하는 넓은 시야도 갖고 있다.

시집에 담긴 시 가운데는 예스러운 이름의 글방에서 태어났다고는 믿어지지 않는 싱그러운 감수성도 적지 않게 느껴진다. 초등학생 시절의 추억들이 그대로 솔직히 표현되어 있으며, 왕년의 회고가 아니라 그때 그 시간에 있는 듯한 느낌이다.

시의 리듬도 아주 느긋하다. 독자들은 그의 심성 좋은 어투에 스스로 이연해질 것이라 믿는다. 조용하지만 완전한 무음이 아니라 달빛과 봄바람의 속삭임이 들려온다. 그리고 또 그 배경에는 그의 고향 주문진의 파도 소리가 끊임없이 울리고 있다.

이것이 바로 신승준의 세계다.

많은 독자가 이 시집의 참맛을 느낄 수 있기를 기원하는 바이다.

구보 가즈아키(전 주덴버일본총영사)

　詩は独り言である。演劇や小説にも独白という形式があるが、それはあくまで観客や読者を想定したものである。しかし、詩は本質的に作者自身との対話であり、もっとも内省的な自己表現である。

　辛承俊氏が故郷の注文津に怡然堂という堂宇を建て、そこで詩を書いていると聞いたのは二年程前のことであるが、率直なところ、最初は冗談と思った。辛承俊氏と最初に出会ったのはもう三十年も前で、韓国社会が民主化に向けて騒然としていた頃、よく言えば元気にあふれた時代であった。そんな中で辛承俊氏も一人の元気な若者で、大きな声で意見を述べる典型的な韓国のつわもの（サナイ）であった。そんな彼が、内向的な詩を書くとは一体どういうことなのだろうか。

　当初、彼と私はソウルの日本大使館で文化交流を担当する仲間であった。私は数年で帰国したが、よほど縁があったのか、数年後、日本の国際交流基金がソウルに事務所を開設することになり、所長として赴任した私は、また辛承俊氏と毎日顔をあわせる間柄となった。そして、新しい組織の常として他の

職員が皆若かったこともあり、辛承俊氏は韓国人職員の最年長者になっていた。若いころから伝統を重んずる傾向があったが、今度は韓国服を着て事務所に現れたり、祭祀のやり方について蘊蓄を傾けたり、今や堂々たる長老（オルシン）の風格を身につけていた。私も彼からそういう古いことを沢山習った記憶がある。

その意味で、辛承俊氏が自分の別荘に怡然堂という聞きなれない名前を付けたのはすぐに理解できたが、そこで詩を書いているというのはやはり納得できなかった。論語や族譜を読んでいるならわかるが、詩はどうしても辛承俊のイメージに合わないと思ったからである。ところが、何につけても先入観はよくない。送ってもらった「怡然堂集・上」はこれこそ辛承俊と思わせる作品にあふれ、私のそういう固定観念を見事に覆したのだった。

怡然とは楽しむ様である。詩集に収められた数十篇の作品は、ほとんど彼が怡然堂で自然を相手に対話を楽しんでいる情景だ。月や星、草や木に耳を傾け語り掛け、昔を懐かしみながら今を感じている。

初恋の思い出のほか、「おじいさん」や「おばあさん」以外の人間はあまり出てこない。要するに独り言だ。しかし、それは世捨て人の寂しいつぶやきではなく、暖かい愛情に満ちた語り掛けである。寒風の中で乾燥し始める干し鱈の身の上に思いを寄せるゆとりがある。小さな花びらを見つめる集中力と同時に、色々なものを眺めわたす視野の広さもある。

　古めかしい名前の庵で作られたとは思えない若々しい感受性にも満ちている。小学生の頃の思い出がそのまま素直な表現になっていて、懐旧ではなく、そこにいる感覚なのだ。

　詩のリズムもとても穏やかだ。読者はその心地よい語り口に自分も怡然とするだろう。静かであるが全くの無音ではなく、月の光や春の風の囁きが聞こえてくる。そしてそのまた背景には彼の故郷注文津の波の音がたえず響いている。

　これはまさに辛承俊の境地だ。

　多くの読者がこの詩集を味わってくれることを願う次第である。

　　　久保　和朗（前在デンバー日本総領事）